그대 흔적에 귀의합니다

그대
흔적에

귀의합니다

김창호 시집

산지니

차례

제1부 나는 웃었네

제2부 하얀 나비 내 마음

제3부 내가 만든 내 감옥

제4부 빛의 소리를 찾아서

제1부

나는 웃었네

그리운 내 고향

사모하는 님
이별하는 날

내 영혼은
발길을 돌립니다.
돌아갑니다.

마음속 저 깊이
그립고 정든 곳
고향 산천입니다.

나를 현세에 씨 뿌려
현세의 꽃으로 가꾼
현세의 부부 정원사,
부모님 영원히 잠든 곳

세밑 섣달 그믐달 아래

고향 들길 걸어갑니다.

험한 바다 타향에서
젊은 청춘 다 보내고
이제 뭍에 올라

발바닥으로 포옹하는
그리운 내 고향입니다.

나는 웃었네

잡초 뒤덮인
어머니 아버지
무덤가에 앉아

울다가 울다가
지친 나는 웃었네.

무딘 낫으로
한 올 한 올 벗긴
억새 줄기 칡넝쿨

울다가 울다가
지친 나는 웃었네.

떠난 내 님 그리다가
평생 어머니 아버지
까맣게 망각한 내 마음

울다가 울다가
기어이 나는 웃었네.

엄마 기다리는 아이

아버지 아침 밥상
마당으로 날아간 날,
아이 엄마 집 나갔습니다.

동구 앞 정자나무 아래
주린 배 동무 삼아 앉은 아이
엄마 얼굴 진종일 그렸다 지웁니다.

아버지 저녁 밥상
장독대로 날아간 날,
아이 엄마 달 따라갔습니다.

연못가 달빛 아래
오늘도 저녁 밥 굶은 아이
물에 뜬 엄마 달 보고 노래합니다.

하늘나라 외길 여행

홀로 먼저 떠난 아버지 찾아
아이 엄마 말없이 뒤따라갔습니다.

되돌아오는 길 없는
고요한 저 하늘 별천지,
엄마 기다리던 아이
언젠가 돌아갈 고향입니다.

아 매정한 세월아!

사나운 세월아!

옛날 옛적
나 어린 시절

걸음마 시작한
귀여운 내 동생
영원히 잠재워 업어 갔지.

무뚝뚝한 세월아!

책보자기 둘러매고
산 고개 넘어가던 시절

내 첫사랑 소녀
하늘나라로 데려갔지.

메마른 세월아!

모진 세상에 철들어
혁명 동지 밀회하던 시절

격정에 사로잡힌 나는
정든 님과 생이별하였지.

아 매정한 세월아!

연정도 이념도
행복도 죽음도

이제야 비로소
하늘 자장가란다.

내 고향 강변에서

고요한 고향 강변
강둑길 서성입니다.

옛 강물은 흘러가서
돌아오지 아니합니다.

엄마소 따라다닌 송아지
강 건너 팔려갔습니다.

어린 내 팔에 안긴 강아지
강 건너 따라갔습니다.

건넛마을 소꿉친구 순이
강 건너 시집갔습니다.

예전에 건너간 강변이라도
지금 다시 건너올 수 있답니다.

엄마소 찾는 어린 송아지
내 품이 그리운 보송보송 강아지
고향 친구 생각하는 소녀 순이

저 강물에 떠오른 노랑 밤배
동그라미 보름달 함께 타고
내 고향 강변 건너오세요.

아들과 아버지

정월 대보름날,
집집마다 지신밟기
마을 잔치 벌어집니다.

동네 농악대 아버지들,
마을 구경꾼 엄마들,
신바람 난 동네 아이들입니다.

여인 분장한 한 아버지,
고깔모자에 연지 곤지
연두저고리에 다홍치마
수줍은 새색시 춤사위입니다.

부끄러워 돌아선 아들 등 뒤로
한들한들 춤추는 그 아버지,
온 마을 웃음바다로 물들입니다.

대보름 마을 아들의 아버지,
장구 꽹과리 북 장단에
아들이 사르는 달집 구름 위
둥근 달 품에 안겨 춤추는 밤입니다.

보리타작 마당 막걸리

에헤헤헤 옹헤야!
어절시구 옹헤야!
잘도헌다 옹헤야!

들판 도리깨질 한마당
오뉴월 더위도 나들거립니다.

보리타작 한판 넘기고
고생한 몸에 내리는 시혜,
시원한 막걸리 한 사발입니다.

그늘 한 점 없는 들판
아득한 들길 한가운데
까까머리 어린 동자 양손
주전자 가득 막걸리 들었습니다.

어린 목이 타는 갈증,

주전자 꼭지 엄마 꼭지
입에 물고 들판 건너갑니다.

에헤헤헤 옹혜야!
어절시구 옹혜야!
잘도헌다 옹혜야!

보리타작 마당 가까이
우물가 까까머리 어린 동자,
졸아든 막걸리 주전자에
맑은 물 살금살금 채웁니다.

오선지 새해 기차

오선지 종이 악보 위에
다섯 가닥 줄 천지 열립니다.

내 몸에서 갈려 나온
내 인생 다섯 가닥 줄

상냥한 딸 줄
퉁명스러운 아들 줄
돈 사랑하는 아내 줄
평생 죄송한 아버지 줄
평생 가슴 저미는 어머니 줄

곧은 오선지 기찻길
내 발로 밟은 그 자리

한 번 떼어 놓는 걸음마다
새까만 발자국 음표를 그립니다.

음표 기둥은 내 알몸뚱이
음표 꼬리는 내 거친 손짓

내 발자국 고저
내 발자국 장단
춤추고 노래하는
오선지 새해 기차
지금 떠나갑니다.

우리 아버지 유산

아버지 무덤가에 누워
먼 하늘을 바라봅니다.

우리 아버지,
정직하게 일한 농부의 삶
평생 거짓말 못 하고 살았습니다.

우리 아버지,
고을 길흉사 소식 올 때마다
우리 집 잊고 그 집 일만 하였습니다.

우리 아버지,
정월 대보름 마을 잔칫날
달밤에 홀로 춤추고 노래하는
가련한 여인처럼 살았습니다.

아버지 이승 83년

나에게 새긴 형상입니다.

우리 아버지,
저승에서 받으실
맞춤 백세 생일 잔칫상
이승 어디에 주문할까요.

아버지 무덤가에서
오늘 백세 축하 큰절합니다.

내 존재의 고향

푸른 수술복 의사
수술실 앞 나에게
한 손을 내밀어 펼칩니다.

그 손바닥 위에
떼어 낸 엄마의 자궁이
돌처럼 놓여 있습니다.

검푸른 고깃덩어리 한 줌,
고귀한 내 존재의 고향입니다.

우주 저 멀리까지
흐르는 내 눈물방울,
엄마 자궁 앞에 엎드린
영원한 생명의 이슬입니다.

씨앗 뿌리는 날

호미로 텃밭을 다듬어
작년에 뿌리고 남은
묵은 씨앗을 뿌립니다.

흙 알갱이 사이로
편안하게 자리하는
작은 티끌 알갱이 씨앗

보라, 파랑, 노랑
깜장, 하양, 잿빛
형형색색 씨앗들은
지난 과거의 기억입니다.

고초의 인생 터에
뿌리고 또 뿌린
한없이 많은 씨앗들

비극의 씨앗
불행의 씨앗
배신의 씨앗
후회의 씨앗

내 인생의 온갖 씨앗들
이제 땅속 깊이 내던지고
혼탁한 세상 대지에
새싹 돋아나는 날 기다립니다.

잊어야지 잊어야지

저세상으로 건너가
지금 여기 없는 그대,
나를 잊어야지 잊어야지.

함께 거닐던 이 길
향기로운 그대의 숨결
일렁이게 하는 그대,
나를 잊어야지 잊어야지.

이 마음 자꾸만 흔들어
온종일 그대 생각으로
뒤설레게 하는 그대,
나를 잊어야지 잊어야지.

별나라 은하수 건너는
오늘 밤 꿈길 우리 언약,
서로 잊어야지 잊어야지.

솔바람 해탈의 길

열린 구름문으로
솔바람 길 걸어갑니다.

효도라는 탈바가지
부부라는 탈바가지
자식사랑 탈바가지

저승길 떠나가신
부모님 공양 고리
이미 벌써 풀렸습니다.

평생 채워지지 않는
부부 사랑 바가지
삭은 허깨비입니다.

혼탁한 세상 걸음마
첫 출근길 떠난 자식

아련한 추억입니다.

솔바람 길에 피어오르는
연꽃 구름 해탈입니다.

길노래 방랑시인

열두 달 만에 태어나
싱글벙글대는 내 겨드랑이에
할머니는 새 날개를 보았습니다.

겨우 말을 배운 나이에
말 못하는 동생의 새까만 눈동자
새하얗게 닫히는 모습을
하루 종일 지켜보았습니다.

아버지 지게에 누운 동생은
뒷산으로 떠났습니다.

봄아지랑이 춤출 때
술지게미 먹은 어린 취객
들로 산으로 동생 찾으면서
어린 술맛 알았습니다.

할머니 곰방담뱃대
겨울 밤 화로에 불붙이면서
짙은 담배 맛 알았습니다.

잡은 내 술잔에 맴도는
뿌연 담배 연기와 함께,
젊은 청춘도 마음에 연인도
저 멀리 떠나갔습니다.

육십갑자 환갑
내 육갑하는 때,
유랑 악사 바람결
유랑 악단 물결처럼,
밤하늘 별빛 청중 아래
나는 길노래 방랑시인입니다.

제2부

하얀 나비 내 마음

나비 꿈꾸는 그대여!

우리 몸 누에가 품은
평생의 실을 토해 내어

하얀 실고치 우리 집
그대와 함께 엮었습니다.

이제야 그대와 나는
고치 둥근 집에 잠드는
행복한 번데기랍니다.

새하얀 명주실 방에서
나비 꿈꾸는 그대여!

눈 뜨고 나비 되는 날
우리는 영원한 이별입니다.

사랑은 사랑이요

풋사랑,
여린 잎사귀
애송이 사랑이요.

첫사랑,
이별 사주팔자
기구한 사랑이요.

짝사랑,
묘약 없는 상사병
인간 고해 사랑이요.

이승에 이루지 못한
풋사랑 첫사랑 짝사랑

가슴에 가꾼
이 헛사랑들도

사랑은 사랑이요.

커피 그대 얼굴

새하얀 찻잔에
반짝이는 갈색 커피
동그란 그대 얼굴입니다.

일평생 아침마다
고요히 눈을 감고
내 입맞춤 맞이하는
커피 그대 얼굴입니다.

뜨겁게 차갑게
쓴맛 달콤한 맛
변덕쟁이 내 마음

내 입맛에 응하여
남은 인생 함께할
갈색 얼굴 그대입니다.

하얀 나비 내 마음

어디서 날아오는
하얀 나비 내 마음

남몰래 하얀 나비
마중하는 꽃향기

이 꽃 저 꽃 잠시
머물다 날아가는
하얀 나비의 여정

잠든 내 바위 몸
홀로 남겨 두고
꿈길 따라 춤추는
하얀 나비 내 마음

그대는 지금 무얼 하나요?

맑은 아침 새 소리에
열린 귀 나를 깨웁니다.
그대는 지금 무얼 하나요?

구름 지나가는 하늘
창문 열고 바라봅니다.

뜨거운 햇살 아래
잠자리 날개 반짝입니다.
그대는 지금 무얼 하나요?

소낙비구름 천둥소리
산봉우리 흔들고 지나갑니다.

핏빛 노을에 구르는 고갯길
오늘 밤 내 마음 길입니다.
그대는 지금 무얼 하나요?

내 님 오시는 날

아침 이슬 머금은
향기로운 꽃봉오리,
내 님 오시는 날
만발하려무나!

바위 고개 너머
노니는 산들바람,
내 님 오시는 길
닦으려무나!

달마다 뜨는
둥근 보름달,
내 님 오시는 날
휘영청 오려무나!

한밤중 홀로
구슬피 우는 새,

내 님 오신 밤

눈물 참으려무나!

노 저어라!

가슴 바다 저 깊이
아련하게 들려옵니다.

노 저어라!

내 인생은
첫걸음마를 떼면서
가슴에서 머리로 가는
기나긴 여행이었습니다.

이제 저 가슴의 바다로
돌아가는 여행을 시작합니다.

머리의 강에 배를 띄우고
저 멀리 가슴의 바다로 향합니다.

노 저어라!

지금 내 머리 위에
작은 새 한 마리 앉았습니다.
새 발 아래 놓인 내 머리입니다.

구름 속에 머리를 치켜들고
갈라진 머리 이리저리 굴리다가
때로는 사상누각에 물구나무서서
혼탁한 머리를 비우기도 하였습니다.

노 저어라!

지난 세월 남몰래 핀 가슴 꽃
그것은 내 존재의 향기입니다.

가슴속 풍기는 향내
죽은 가슴을 깨웁니다.

여린 가슴 향악기
메아리로 울립니다.
가슴속 바위산
파도 춤을 춥니다.

꽃향기 나는
푸른 가슴 항구로
내 작은 배는 떠납니다.

노 저어라!

과거는 묻지 마세요

지나간 청춘
첫 사랑 옛 애인

먼 옛날
내 머리 위로
날아간 은총

희미한 먼 과거로
잠들어 사라진
그리운 옛 노래

텅 빈 들녘 한구석에
한 송이 들국화 진저리칩니다.

과거 연줄의 꽃잎
과거로 가꾸어
꽃잎으로 날립니다.

가을 하늘 아래

꽃향기로 남은

과거는 묻지 마세요.

그대는 누구입니까?

아침 햇살 환한 얼굴로
지친 나를 깨우는
그대는 누구입니까?

오아시스를 찾아 헤매는
사막의 나를 부축하는
그대는 누구입니까?

흐르는 눈물 강변에서
구슬픈 풀피리를 부는
그대는 누구입니까?

푸른 하늘에 하얀 구름으로
그리운 얼굴을 그리는
그대는 누구입니까?

상처만 남을 인연은

맺지 못하게 하는
그대는 누구입니까?

영원한 이별은 없다고
다시 만날 날을 기약하는
그대는 누구입니까?

눈 덮인 저 광야에서
홀로 춤추는 달을 보낸
그대는 누구입니까?

산들바람 부는 날마다
내가 방문을 열게 하는
그대는 누구입니까?

기다림에 지쳐 잠든 나를
저 멀리 미소로 바라보는

그대는 누구입니까?

내 심신의 지도

검은 종이 위에
지난 내 마음의 거처,
과거 지도를 그립니다.

마지막 성찬을 나눈 얼굴
꿈길을 불길로 채운 얼굴
우주 멀리 사라진 얼굴

지난 미운 얼굴들,
내 마음 지도 위에
막막히 출몰합니다.

맑고 고운 달빛 아래
검은 지도 불태웁니다.

하얀 종이 위에
지금 내 심신의 거처

현재 지도를 그립니다.

삼시 세끼 챙겨 먹는 곳
사나운 꿈자리 사라진 곳
즐거운 산책길 열리는 곳

지금 여기 내 몸 지도,
검은 마음 지도 사라진
영원한 현재입니다.

창밖에 가로등

어두운 밤마다
소리 없이 찾아오는
창밖에 가로등입니다.

안개비가 내리는 밤
하얀 빗속 구름다리 위
둥글게 춤추는 보름달은
창밖에 가로등입니다.

소슬바람 부는 가을 밤
흩날리는 나를 맞이하는
해맑은 그대 얼굴은
창밖에 가로등입니다.

함박눈 내리는 겨울 밤
눈송이 하얀 천사들 불러
검은 밤을 물리는 거리굿

창밖에 가로등입니다.

천둥 번개 광란의 밤에도
지성으로 내 곁에 머무르는
그대는 내 사랑 가로등입니다.

사랑은 이런 건가요?

사랑은 이런 건가요?

내가 울고 싶을 때,
그대 내 곁에서 말없이
두 눈 가득 눈물 머금고
멍하니 바라보았습니다.

내가 화났을 때,
숨소리 죽인 그대
솜털 병아리 얼굴이었습니다.

내가 웃고 싶을 때,
살며시 웃음보따리
나 몰래 풀어준 그대
함박웃음으로 화답하였습니다.

내가 행복에 겨워하는 때,

그대 아름다운 노래로
별나라 손님 초대하였습니다.

내가 혼자 있고 싶을 때,
그대 달그림자 되어
소리 없이 맴돌았습니다.

내 곁을 영원히
떠나간 그대여!

사랑은 이런 건가요?

내가 사모하는 그대여!

내가 사모하는
이 세상의 그대여!

다가오는 나를
가만히 맞이합니다.

내 손이 닿으면
두 줄에 묶인 몸체에
활대 날개를 펼칩니다.

휘날리는 야생마 목덜미
갈기로 묶은 말총 활대,
가없는 우주에서
갈 곳 몰라 헤매는
내 마음입니다.

소리 없이 토한

누에 거미줄로 엮은
명주실 두 줄,
내 마음을 포옹하는
아늑한 가슴입니다.

나는 그대 품 안에서
홀로 춤을 춥니다.
그대는 야생마 말총을
품에 안고 노래합니다.

활대로 태어난 나는
그대 두 줄 안에 있습니다.

가는 바깥 줄 유현,
굵은 안 줄 중현,
두 줄 사이에 노니는 나는
두 줄타기 광대입니다.

음과 양의 줄타기 조화로
천지 만물은 존재합니다.

명주실 그대 가슴 줄 위에
야생마 활대 내 마음이 달리면
아련한 천상의 문이 열립니다.

내가 사모하는 그대는
고운 자태 앵금 해금입니다.

제3부

내가 만든 내 감옥

내가 만든 내 감옥

드러누워 보이는
아이 요지경 세상,
나 혼자 행복하였습니다.

잘 기어 다니던
어린 나는 어른 따라
고달프게 기립하였습니다.

어른 세상에서
탐하는 얼굴 보기 싫어
몸 비틀어 앵돌아앉고

어른 발바닥 아래
한들거리는 극락이 보여
허리 굽힌 나는 발길에 채니

어른 세상에 나와

어린 나를 가두어 버린 몸,
내가 만든 내 감옥입니다.

꽃은 꽃입니다

무슨 까닭으로
여자는 꽃입니까?

샘솟는 그대 사랑인데
왜 시드는 꽃이어야 하나요?

그대 변치 않는 사랑이면
그대 마음 그대로 전하세요.

무슨 까닭으로
꽃다운 청춘입니까?
여자도 청춘도 꽃이 아닙니다.

꽃과 나비의 인연은
검은 죽음을 넘어서는
깊은 생명의 환희입니다.

피어서 벌 나비 왔다 가면
춤추면서 떨어지는 꽃입니다.
칠흑 같은 밤에도 꽃은 꽃입니다.

옛정이 싫던가요?

지난 옛정으로 우리는
엄동설한 함께 견디었지요.

이렇게 새봄이 왔다고
그대는 또 꽃을 피웁니다.

봄바람 타고
떼 지어 날아드는
호랑나비 그 시절이
그대는 그리도 좋던가요?

여름 가뭄에 목말라
하늘 앞에 고개 조아려
부지한 우리 목숨입니다.

새하얀 눈꽃 정원,
그 달빛 아래 간직한

아름다운 우리 옛정입니다.

지난 세월 험한 한 세상은
영원한 우리 옛정입니다.

그렇게도 옛정이 싫어서,
봄날 이른 새벽 그대는
또다시 꽃망울을 터뜨립니까?

먹물 자화상

걸어온 내 인생은
발 그림 수묵화입니다.

비틀거리는 발길 따라
희미한 그림자 흔적으로
가물가물 번져 나는 먹물

먹 발길 닿는 대로
벼루 물에 노닐다가
먹물 품고 사라지는
나는 그림자 붓입니다.

무딘 붓 먹물 발길질에
하얀 종이 허물어집니다.

꿈꾸지 마세요

꿈은 꾸지 마세요.
꿈은 당신을 유기합니다.

꿈꾸는 당신이 누운 그날 그 자리로
나중 꿈속에서 다시 돌아간 날이 있나요?

꿈꾸는 당신 곁에 함께 잠든 그 사람을
당신의 꿈속에서 다시 만난 적이 있나요?

꿈은 현실의 당신을 두고
멀리 산책을 시작합니다.

꿈꾸는 눈으로 나를 바라보고
당신의 베개를 나에게 보내어
내가 당신의 꿈을 꾸게 하여
꿈이 없는 나를 깨우지 마세요.

사랑은 꿈인가요?
꿈속의 아라비아 공주
꿈속의 페르시아 왕자
사랑의 연금술을 기도하시나요?

깊은 꿈속에서 꿈을 사랑하여
꿈길에서 깨어나면 깨어진 꿈 찾아
다시 꿈꾸는 당신이 아닌가요?

꿈을 꾸지 않는 맑은 눈을 보세요.
그 눈동자에 일렁이는 눈물을 보세요.
그 잔잔한 물결이 그대 사랑입니다.

동지섣달 다듬이 가락

한겨울 밤 동네방네
다듬이 가락 울립니다.

서방님 옷 두들겨
반듯하게 다듬질합니다.

시아버님 옷 두들겨
깊은 주름살 지웁니다.

긴긴 겨울밤 깊이 멍드는
동지섣달 다듬이 가슴입니다.

밤에 피는 야화

밤에 피는 야화
길거리 낭인입니다.

집이 있지만
집도 없습니다.

아내가 있지만
아내도 없습니다.

자식이 있지만
자식도 없습니다.

한낮 일터 잃은
햇살 아래 낭인입니다.

밤거리 네온등 아래
싸늘한 얼음판 위에

밤에 피는 야화
꽃 한 송이 피었습니다.

얼음 거울처럼 맑은
이 꽃 한 송이 사세요.

출가자 가출자

미소가 흐르는
아침 햇살 아래

밤새 번뇌의 꿈길
헤매는 집을 버리고
오늘도 출가합니다.

목구멍 풀 관리하는
포도청 직장 세속에서
묵언 수행입니다.

남은 하루 저녁 시간
주신을 섬기는 한잔 술
일 배 일 배 수행입니다.

주 신전 숭배자
출가자 가출자,

매일 떠난 집으로
돌아가는 탕아입니다.

그 여자는 모르리라

세상에 굽신거려도
그대 앞에 홀로 서면
영웅이고 싶은 남자

그 여자는 모르리라.

속으로 통곡하여도
밝은 웃음 풍선
기약 없이 날리는 남자

그 여자는 모르리라.

이웃 동네 초상집 가서
불난 자기 동네 잊은
내 가족 몰라보는 남자

그 여자는 모르리라.

찾아드는 나그네
진수성찬 대접하고
가족 배고픔 잊은 남자

그 여자는 모르리라.

이런 마음 알아주는
흘러간 옛 노랫가락
혼자 흥얼대는 남자

그 여자는 모르리라.

유행가 가사 인생

고상한 학문들이 하대하는
흘러가는 세상 유행가,
기울이는 술잔에 물결칩니다.

세상 만물 온통
물질이라는 과학,
사랑과 미움으로
이별하고 재회하는
'나 자신을 나도 모른다'는
유행가 가사를 아시는가요.

아무도 살지 않는
논리적 세상의 철학,
사랑과 미움으로
이별하고 재회하는
'내 마음 나도 모른다'는
유행가 가사를 아시는가요.

이승의 고통은 저승의
행복을 보장한다는 신학,
사랑과 미움으로
이별하고 재회하는
'이승의 짧은 행복 기다린다'는
유행가 가사를 아시는가요.

정의가 아닌 것을 정의로
만드는 신의 연금술 법학,
사랑과 미움으로
이별하고 재회하는
'사랑도 이별도 무죄다'라는
유행가 가사를 아시는가요.

세상만사 아름답게
미적으로 그리는 미학,

사랑과 미움으로
이별하고 재회하는 인생
'미움은 괴롭고 이별은 슬프다'는
유행가 가사를 아시는가요.

고상한 학문들이 하대하는
흘러가는 세상 유행가,
기울이는 술잔에 물결칩니다.

하얀 깃발 올립니다

누가 나를 이 높은
장대 위에 매달아
펄럭이게 하였나요?

백척간두에서 바라보니
세상 사람들 모두 깃발입니다.
오색찬란한 깃발 천지입니다.

슬픈 사람 검은 깃발!
혁명 투사 붉은 깃발!
허황한 희망 푸른 깃발!

깃대를 들고 꺾이고
깃대를 들고 또 꺾입니다.

곤두선 깃발들 위로
날아가는 새들을 보세요.

저 자유로운 하늘에
그대와 나를 함께 그린
깃발은 어디에 있나요?

나는 물든 색깔 깃발을 내립니다.
나는 하얀 깃발 백기를 올립니다.

자급자족 지구 세상

영원한 사랑은 이별하고
새로운 사랑을 만들고

선한 사람이 되고 싶어
악한 사람을 조각하고

정신세계를 믿는 광신도
물질세계를 폐기하고

인류를 구원한다는 화살
지구 안방으로 회항합니다.

자급자족하는 둥근 지구
제자리걸음마 유아입니다.

경계선 지도 불태웁니다

마음속 깊이 간직한
수많은 지도를 봅니다.

나를 교육하고
나에게 훈계하여
나를 안내한
금과옥조들입니다.

신을 향한 높은 영혼과
황토 물든 육체로 가르는
영혼과 육체의 경계선 지도입니다.

이성의 머리로 공격하고
감성의 가슴으로 후퇴하는
이성과 감성의 경계선 지도입니다.

슬픔이 끝나면 온다는 행복과

행복을 위하여 슬픔을 억압하라는
행복과 슬픔의 경계선 지도입니다.

죽었다 살아나는 인생살이에
수시로 넘나들어 알 수 없는
생과 사의 경계선 지도입니다.

나를 감금하고
나를 고문하고
나를 버린 경계선 지도
모두 다 불태웁니다.

지식의 옷 벗어 태웁니다

절대 권력 휘두르는
황제의 곤룡포

살인 폭력 행사하는
히틀러의 제복

신의 권위 과시하는
교황의 사제복

이들의 옷보다 더 위대한
인류의 폭군은 지식의 옷입니다.

혼돈의 극치 인간 세상에서
생명 사라진 몸 묻히기 전에
지식의 옷 하나씩 벗어 태웁니다.

공자가 남긴 유언

멀리 저승사자 마차 소리에
공자 뒷산 마루에 올랐습니다.

한숨 쉬는 공자의 뒤통수에
평생 제자가 말 주먹 날립니다.

"선생님, '인'이다 '의'다 '예'다 하여
이 세상이 좀 좋아진 것 같으신가요?"

"이 멍청이야!
'인'이다 '의'다 '예'다 하고
외치고 돌아다닌다고 좋아지겠던가?"

"선생님, 평생 주유천하는 무엇인가요?"

"이 철부지야!
아직도 모르겠느냐?

그냥저냥 내버려둘 수도 없는 세상!"

"선생님, 이미 아니 되는 줄 알고 계셨던가요?"

저승마차 앞에 홀로 서서
공자 마지막 유언 던집니다.

"내일이 오늘보다
더 나쁘지 않으면
최상의 낙원이란다!"

그림자 안고 가세요

그림자 길게 긋고
서녘 노을 고갯길
넘어가는 그대여!

흐느적거리는
그대의 그림자
그대가 안고 가세요.

그대 뒤에 남은
그대의 뒷그림자
나는 밟지 못합니다.

독방 처사의 자유

독방 처사 잠드는
방 안은 자유의 극치.

사나운 얼굴들 모두
홀연 벽 속으로 사라지고

방 안 가득 은보라
하늘 조각배에 누워

노 젓는 독방 처사
자유의 고요한 숨결.

고드름 사랑

아래로 흐르는 맑은 물
한겨울 벼랑 끝에 매달려
고드름이 되었습니다.

기댈 곳 없는 작은 물방울들
서로 함께 부둥켜안았습니다.

더 많은 온기를 구하지 마세요.
더 좋은 때를 기다리지 마세요.
더 좋은 누구를 생각하지 마세요.

기다리는 봄날은 이별입니다.
손을 놓고 떠나는 작별입니다.

칼바람 몰아치는 벼랑골
한겨울 꽁꽁 포옹하는 지금,
영원한 고드름 사랑입니다.

육지가 바다라면

육지가 바다라면
의상이 필요 없는 세상,
감추고 숨기지 않는
알몸뚱이 인종만 남겠지요.

육지가 바다라면
높은 자리 낮은 자리
고도 없는 세상에 떠돌다
행복하게 서로 이별하겠지요.

육지가 바다라면
소금물 머금은 몸통
썩는 냄새 사라진 세상,
사람 향기로 가득하겠지요.

제4부

빛의 소리를 찾아서

일편단심 이 세상

해가 뜨면 아침
해가 지면 저녁입니다.

달이 뜨면 밤
달이 지면 새벽입니다.

별이 뜨면 하늘 바다
별이 지면 인생 바다입니다.

잠이 들면 꿈길
잠이 깨면 고행길입니다.

이래도 저래도
살아도 죽어도

내 한마음 섬기는
일편단심 이 세상입니다.

하늘 여관입니다

하늘 여관
오늘 밤 개관합니다.

일인 일실
무료 대여
퇴실 자유

나 홀로 머무르다
떠나는 여관입니다.

무정 천리 나그네
오늘 밤 내 천국은
이 작은 여관방입니다.

하룻밤 여기서 묵고
가던 길 떠나가세요.

더 묵어서 가라고
말리는 사람도 없습니다.

굴러가는 세상 멀리
매일 밤 묵어 가는
하늘 여관입니다.

봄소식 전할까요?

겨울밤 숲속
뻐꾸기 하품 소리
솔방울 굴립니다.

웅크린 새벽 칡넝쿨
부스스 기지개 펴는 소리
언 땅 개미 깨웁니다.

겨울 하늘 멀리
도란거리는 하얀 별빛
아득히 봄 망울 뿌립니다.

차가운 땅에 스미는
은은한 이 봄소식
누구에게 전할까요.

거미줄에 걸린 달

그대는 달
나는 지구

나만 바라보는
영원한 별 그대

오늘도 나 홀로
텅 빈 내 가슴속 가득
깊이 축 늘어진 거미줄

속울음 쏟아지는 날
가슴속 거미줄 결 따라
달빛 방울 반짝입니다.

나만 바라보는 그대는
거미줄에 걸린 달입니다.

연인의 인연

흐르는 강물이
강둑을 쌓았나요.

떨어진 두 강둑이
강물을 품었나요.

전생의 인연으로
연인이 되었나요.

두 연인이 만나
인연을 품었나요.

흘러가는 강물 너머
건너다보고 그리운
강둑길 두 연인입니다.

봄날은 온다

나를 떠난 님
넘어간 고갯길
하늘 아래 출렁입니다.

그대가 그리워
서녘 고개 넘어간 해
동녘 고개로 돌아옵니다.

그대 잊지 못하여
그대 찾아간 봄 나비
고개 넘어 다시 돌아옵니다.

어느 누구 꿈길에
내 님 어쩌다 스치거든

봄날 꽃길 저 고개
남 몰래 넘어오라는

내 봄 편지 전하여 주세요.

이 소리 들리시나요?

민들레 홀씨 하늘하늘
춤추는 소리 들리시나요?

돌담 위에 둥근 애호박
배부르는 소리 들리시나요?

햇병아리 여린 입술로
알 까는 소리 들리시나요?

송아지 꿈틀꿈틀 갓 태어나
눈뜨는 해말간 소리 들리시나요?

뭉게구름 아래 깊은 산사
동자승 잠꼬대 소리 들리시나요?

단풍

변합니다.
떨어집니다.
사라집니다.
돌아갑니다.

백동 촛대에 흐르는
눈물 고인 얼굴로,
더 열광하는 얼굴로
더 분노하는 얼굴로
더 붉게 빛납니다.

용광로 쇳물로 담은
한여름 밤의 열기는
겨울밤 품으로 돌아갑니다.

밤하늘 불꽃놀이 불빛으로,
검투사의 몸을 적신 핏빛으로

죽은 검투사의 녹슨 칼빛으로

단풍 황톳길을 따라
미련 없이 돌아갑니다.

함박눈 하늘 북채

함박눈 하늘 북채
하얀 쇠북 울립니다.

잠들었던 땅속 영혼
무리 시어 일어납니다.

수천 년 전쟁터
대지에 묻힌 원혼

진격의 북소리
장송의 북소리

살아서도 죽어서도
하얀 쇠북 소리에
잠든 영혼 깨어납니다.

함박눈 하늘 북채

죽은 대지를 깨우는
생명의 새 소식입니다.

무심한 손거울

평생 손에 들고
따뜻한 내 입김으로
묻은 때 닦아 준 거울.

검은 내 머리
새하얗게 만들고

해맑은 내 얼굴에
마구 주름을 잡고

내 눈가에 이슬방울
시도 때도 없이 매달고

쌀쌀맞고 인정 없는
이승의 외길 동반자
무심한 내 손거울.

죽은 자에 대한 예

산 자를 맞이하는
죽은 자 앞에서
산 자들 서로 절합니다.

죽은 자 앞에 엎드려
절하는 산 자의 예

고요한 생명 가무는
죽음의 예와 함께합니다.

산 자를 맞이하는
죽은 자 앞에서
산 자들 서로 절합니다.

그림자 걸인입니다

이른 새벽 찾아온 님
문밖에서 발길 돌렸습니다.

님을 맞이하지 못하여
님 그림자 찾아갑니다.

호숫가 작은 물소리에
물안개 그림자 어립니다.

까마귀 긴 울음소리에
숲속 깊은 그림자 집니다.

산봉우리 위에 올라앉은
초승달 낮 그림자 시립니다.

님 떠난 길 위에 떨어진
그림자 구걸 걸인입니다.

그대와 나

노랑 개나리 꽃잎에
노랑나비 앉았습니다.

땅으로 내려오는 나
하늘을 바라보는 그대
서로 멈추어 마주합니다.

그대와 나
길이 다른 나그네

꽃은 떨어집니다.
물은 흘러갑니다.

그대와 나
마주 보는 순간은
자유를 위한 사랑입니다.

조마조마하는 꽃 보셨나요

때가 되어 꽃은 피고
때가 되면 꽃은 집니다.

더 일찍 피고 싶어서
더 빨리 지고 싶어서

조마조마하는 꽃 보셨나요?

때가 되어 태어나서
때가 되면 사라지는 인생입니다.

오는 줄 모르고 왔으니
가는 줄 모르고 간다고 하여도

해맑은 꽃 한 송이 앞에서
가슴 졸이는 낙화 인생입니다.

꽃과 사는 여인

남쪽 산 고개 너머
작은 마을 뒷산 언덕에
한 여인이 살고 있습니다.

아침 해마중 꽃
뜨는 달마중 꽃

피고 지는 꽃밭에서
온종일 노래합니다.

"가는 겨울 가고
오는 봄 다시 오니

피는 꽃 또 피고
지는 꽃 또 지고

가는 임 또 가고

오는 임 또 오고

이 꽃은 저 꽃 속에 피고 지고
저 임은 이 임 속에 지고 피고

한여름 꽃향기에 취한
기나긴 여름밤이 지나면

오는 겨울 눈꽃도 가고
떠난 봄꽃 다시 돌아온다네."

한평생 꽃님 노래하는
꽃과 사는 여인입니다.

빛의 소리를 찾아서

오늘은
빛의 소리를 찾아서
산길을 걸어갑니다.

하늘에 구르는 하얀 구름은
계곡 물소리를 누르고,
단애 위에 번득이는 햇살은
속세간 소음을 잠재웁니다.

빛은 위아래를 가리지 않고,
천하고 고상함을 가리지 않고,
낯을 가리지 아니합니다.

멀리 마음 소리를 전하는 것은
떠돌이 바람이 아닌 빛입니다.

오색영롱한 빛의 기운은

우주 만물 존재의 소리입니다.

내 나이 물어보세요

아침 이슬 맺힌 풀잎에
사랑하는 얼굴 반짝입니다.
내 나이 꽃잎에게 물어보세요.

징검다리 건너 저 언덕 위
물레방앗간 추억 흐릅니다.
내 나이 물에게 물어보세요.

소나무 그네를 밀어주던
그 사람 꿈길에서 만납니다.
내 나이 노송에게 물어보세요.

돌아온다는 강남 간 친구
아직도 소식이 없습니다.
내 나이 바위에게 물어보세요.

저승객이 된 사람 못 잊어

오늘도 밤을 지새웁니다.
내 나이 구름에게 물어보세요.

흥겨운 술 노래잔치 마당
나 홀로 고독한 손님입니다.
내 나이 바람에게 물어보세요.

허공에 떠 있는 낮달 아래
소리 없이 눈물 맺힙니다.
내 나이 별에게 물어보세요.

산 넘고 물 건너 돌아가는
굽이굽이 인생길 내 나이
흙에게 가만가만히 물어보세요.

무화과 그대는 별꽃입니다

세상 온갖 꽃들이
낭자하게 사방에 피어날 때
안으로 숨어드는 꽃입니다.

꽃이 없으니 얼굴도 없습니다.
얼굴이 없으니 볼 수도 없습니다.

세상에 얼굴 내밀지 아니하고
세상의 눈길 끌지 아니합니다.

화려한 세상의 꽃들
거친 바람에 흩어질 때,
보이지 않는 무화과 향기
하늘 멀리 반짝입니다.

그대는 아련한 별꽃입니다.
별꽃은 시들지 아니합니다.

별꽃은 떨어지지 아니합니다.

얼굴 없는 꽃
보이지 않는 신비의 꽃
안으로 안으로 숨은 무화과
그대는 밤하늘에 핀 별꽃입니다.

그대 흔적에 귀의합니다

긴 머리를 자르고
아픈 발톱을 깎은 날
기이한 꿈을 꾸었습니다.

내 마음의 천국은
잘린 머리카락에 걸려 있고,
내 마음의 부처는
깎인 발톱 위에 앉아 있습니다.

내 안에 천국은 무너졌습니다.
내 안에 부처는 떠났습니다.

이제 그대 머릿결이 보입니다.
이제 그대 발자국 소리가 들립니다.

출렁이는 그대 머릿결은
한바다 같은 천국입니다.

내딛는 그대 발자국은
극락세계 층층대입니다.

나는
영원한
그대 흔적에
귀의합니다.

후기

　시는 세상 만물과 인간의 관계를 바라보는 한 가지 방법입니다. 우리는 개인적 관계와 사회적 관계 속에서 삶을 유지하는 동시에 자연적 존재의 영역을 벗어날 수도 없습니다. 더 복잡한 관계는 독립된 삶 속에서 자기 몸과 마음의 내면적 관계라고 하겠습니다.

　나는 오랜 세월 동안 해직과 복직을 거듭하면서 개인과 사회적 관계들의 뒷면을 목격하고 경험하였습니다. 이런 관계는 근원이 있고, 우리의 일상과 연결되는 여러 현상으로 이어집니다. 여기서 우리는 온갖 감정의 혼돈 속에서 하루하루를 살아갑니다. 이러한 복잡한 관계를 초월할 수 있는 길을 찾기란 그리 쉬운 일은 아닙니다. 그것은 새로운 인식의 눈이 열리는 때 가능하겠습니다.

　여러 편의 시를 통하여 바라보는 세상은 관계의 양면성, 이중성, 이원성, 일회성 등의 존재 양식입니다.

더 나아가 사회적 현실과 자연적 존재의 의미를 더 깊이 있게 찾아보고자 합니다. 개인의 내면세계와 직접 관련되는 가족과 친구, 개인의 삶을 통제하고 조종하는 사회적 구조, 인간 존재 자체의 근원이자 소멸을 함축하는 자연의 원리를 이 작은 시의 세계에서 모색합니다.

외부적 환경에서 형성되는 사회적 문제들과 함께, 개인적 관계에서 부부간의 문제도 양면성을 지니므로 후회와 회한을 동반하고, 또 마음속에 연인의 존재와 관련되기 때문에 언제나 복잡한 현상으로 나타납니다. 더구나 한 개인의 내면에 상주하는 몸과 마음의 관계는 상상의 범위를 초월하는 복잡한 연결 고리로 예측을 불허합니다. 이런 삶의 모습을 담아내고 더 나아가 질곡의 인생살이를 넘어서는 길을 자연의 세계에서 탐색합니다.

그대 흔적에 귀의합니다

초판 1쇄 발행 2021년 1월 15일

지은이 김창호
펴낸이 강수걸
편집장 권경옥
편집 윤은미 박정은 강나래 최예빈
디자인 권문경 조은비
펴낸곳 산지니
등록 2005년 2월 7일 제333-3370000251002005000001호
주소 부산시 해운대구 수영강변대로 140 BCC 613호
전화 051-504-7070 | 팩스 051-507-7543
홈페이지 www.sanzinibook.com
전자우편 sanzini@sanzinibook.com
블로그 sanzinibook.tistory.com

ISBN 978-89-6545-695-7 03810

＊책값은 뒤표지에 있습니다.
＊이 도서의 국립중앙도서관 출판예정도서목록(CIP)은 서지정보유통지원시스템
홈페이지(http://seoji.nl.go.kr)와 국가자료공동목록시스템(http://www.nl.go.kr/
kolisnet)에서 이용하실 수 있습니다.(CIP제어번호: CIP2020055023)